四时幽赏录

〔明〕高濂 撰
〔日本〕野间三竹 绘

杭州掌故丛书

U0862883

浙江古籍出版社

图书在版编目（CIP）数据

四时幽赏录 /（明）高濂/撰；（日）野间三竹绘图. —杭州：浙江古籍出版社，2018.4

ISBN 978-7-5540-0836-2

Ⅰ.①四… Ⅱ.①高… ②野… Ⅲ.①小品文—作品集—中国—杭州—明代 Ⅳ.①I264.8

中国版本图书馆CIP数据核字（2016）第119327号

四时幽赏录

〔明〕高濂/撰　〔日本〕野间三竹/绘图

出版发行　浙江古籍出版社
（杭州市体育场路347号　邮编：310006）
网　　址　www.zjguji.com
责任编辑　陈小林
文字编辑　王振中
封面设计　苗子兮
责任校对　余　宏
责任印务　楼浩凯
照　　排　浙江时代出版服务有限公司
印　　刷　浙江新华印刷技术有限公司
开　　本　787 mm × 1092 mm　1/32
印　　张　3.75
字　　数　60千字
版　　次　2018年4月第1版
印　　次　2018年4月第1次印刷
书　　号　ISBN 978-7-5540-0836-2
定　　价　20.00元

如发现印装质量问题，影响阅读，请与市场营销部联系调换。

出版说明

《四时幽赏录》一卷，明高濂著，丁氏本署“钱塘高濂深父著”。

高濂(约1527—1603?)，钱塘(今浙江杭州)人。居西湖跨虹桥东，藏书颇富。曾任鸿胪寺官，知名传奇《玉簪记》、《节孝记》为其代表作，传世的尚有散曲十五套，其诗文集《雅尚斋诗草》、《芳芷栖词》和杂著《遵生八笺》均足观，《四库存目》称其诗“主于得乎自然，以悦性情”，信然！

《四时幽赏录》，顾名思义，乃作者长期逗留杭州写成之西湖一年四时境趣的实录。诚如作者所云：“赏心幽事，取之无禁，用之不竭，跬步可得，日夕可观。其如清风明月，不用一钱买也！”因西湖景点，随宜置胜，故凡记述西湖胜景，无不仿《西湖游览志》，依地域编排。然此书匠心独具，竟以四时不同景色、不同角度勾勒西子芳容，如春时之“虎跑泉试新茶”、“天然阁上听雨”；夏时之“三生石上谈月”、“观湖上风雨欲来”；秋时之“西泠桥畔醉红树”；冬时之“三茅山顶望江天雪霁”、“山窗听雪敲竹”等，均别有一番情趣，令人神往。在众多记叙西湖名胜的书籍中，实独具一帜，颇有价值。

是书据清光绪二十年(1894)丁氏刊本标点。

自　序

余雅尚幽赏，四时境趣虽异，而真则不异也。即武林一隅，幽境幽趣供人赏玩者，亦复何限？特好之者未必真人，自负幽赏，非真境负人也。若能高朗其怀，旷达其意，超尘脱俗，别具天眼，揽景会心，便得真趣。况赏心幽事，取之无禁，用之不竭，跬步可得，日夕可观，真如清风明月，不用一钱买也。梦想神游，余将永矢勿谖矣。世果有何乐可能胜之耶？条录一册，愿与同调共之。

万历庚辰腊月，钱塘高濂。

目　录

秋时幽赏

春时幽赏

孤山月下看梅花

孤山旧址，逋老种梅三百六十，已废，继种者今又寥寥尽矣。孙中贵公补植原数。春初玉树参差，冰花错落，琼台倚望，恍坐玄圃罗浮。若非黄昏月下，携尊吟赏，则暗香浮动、疏影横斜之趣，何能真见实际。

八卦田看菜花

宋之籍田，以八卦爻画沟塍，圜布成象，迄今犹然。春时菜花丛开，自天真高岭遥望，黄金作埒，碧玉为畴，江波摇动，恍自河洛图中分布阴阳爻象，海天空阔，极目杳然，更多象外意念。

虎跑泉试新茶

西湖之泉，以虎跑为最。两山之茶，以龙井为佳。谷雨前采茶旋焙，时激虎跑泉烹享，香清味冽，凉沁诗脾。每春当高卧山中，沉酣新茗一月。

保俶塔看晓山

山翠绕湖，容态百逞，独春朝最佳。或雾截山腰，或霞横树杪。或淡烟隐隐，摇荡晴晖；或峦气浮浮，掩映曙色。峰含旭日，明媚高彰。风散溪云，林皋爽朗。更见遥岑迥抹，柔蓝远岫，忽生湿翠，变幻天呈，顷刻万状。奈此景时值酣梦，恐市门未易知也。

西溪楼啖煨笋

西溪竹林最多，笋产极盛。但笋味之美，少得其真。每于春中笋抽正肥，就彼竹下，扫叶煨笋，至熟，刀截剥食，竹林清味，鲜美莫比，人世俗肠，岂容知此真味。

登东城望桑麦

桑麦之盛，惟东郊外最阔，田畴万顷，一望无际。春时桑林麦陇，高下竞秀。风摇碧浪层层，雨过绿云绕绕。雉雊春阳，鸡呼朝雨。竹篱茅舍，间以红桃白李，燕紫莺黄。寓目色相，自多村家闲逸之想，令人便忘艳俗。

三塔基看春草

湖中三塔寺基，去湖面浅尺。春时草长，平湖茸茸，翠色浮动。波心浴鹭狎鸥，飞舞惟适。望中深惬素心，兀对更快青眼。因思古诗“草长平湖白鹭飞”之句，其幽赏自得不浅。

初阳台望春树

西湖三面绕山，东为城市，春来树色新丰。登台四眺，浅深青碧，色态间呈，高下参差，面面迥出。或苒苒浮烟，或依依带雨；或丛簇山村，或掩映楼阁；或就日向荣，或临水漾碧。幽然会心，自多胸中生意；极目撩人，更驰江云春树之想。

山满楼观柳

苏堤跨虹桥下东数步，为余小筑数椽，当湖南面，颜曰“山满楼”。余每出游，巢居于上，倚阑玩堤，若与檐接。堤上柳色，自正月上旬柔弄鹅黄，二月娇拖鸭绿，依依一望，色最撩人，故诗有“忽见陌头杨柳”之想。又若截雾横烟，隐约万树，欹风障雨，潇洒长堤。爱其分绿影红，终为牵愁惹恨，风流意态，尽入楼中。春色萧骚，授我衣袂间矣。三眠舞足，雪滚花飞，上下随风，若絮浮万顷，缭绕歌楼，飘扑僧舍。点点共酒旌悠扬，阵阵追燕莺飞舞。沾泥逐水，岂特可入诗料？要知色身幻影，是即风里杨花。故余墅额题曰“浮生燕垒”。

苏堤看桃花

六桥桃花，人争艳赏。其幽趣数种，赏或未尽得也。若桃花妙观，其趣有六：其一，在晓烟初破，霞彩影红，微露轻匀，风姿潇洒，若美人初起，娇怯新妆。其二，明月浮花，影笼香雾，色态嫣然，夜容芳润，若美人步月，丰致幽闲。其三，夕阳在山，红影花艳，酣春力倦，妩媚不胜，若美人微醉，风度羞涩。其四，细雨湿花，粉溶红腻，鲜洁华滋，色更烟润，若美人浴罢，暖艳融酥。其五，高烧庭燎，把酒看花，瓣影红绡，争妍弄色，若美人晚妆，容冶波俏。其六，花事将阑，残红零落，辞条未脱，半落半留；兼之封家姨无情，高下陡作，使万点残红，纷纷飘泊。或扑面撩人，或浮尊沾席，意恍萧骚，若美人病怯，铅华消减。六者惟真赏者得之。又若芳草留春，翠茵堆锦，我当醉眠席地，放歌咏怀。使花片历乱，满衣残香，隐隐扑鼻。梦与花神携手巫阳，思逐彩云飞动，幽欢流畅，此乐何幽。

西泠桥玩落花

三月桃花，苏堤落瓣，因风荡漾，逐水周流，飘泊孤踪，多在西泠。桥畔堆叠，粉销玉碎，香冷红残，片片似对骚人泣别。豪举离尊，当为高唱“渭城朝雨”。

天然阁上听雨

灵雨霏霏，乍起乍歇。山头烟合，忽掩青螺。树杪云蒸，顷迷翠黛。丝丝飞舞，遥空濯濯，飘摇无际。少焉，霞红照水，淡日西斜，峰峦吞吐断烟，林树零瀼宿雨。残云飞鸟，一望迷茫；水色山光，四照萧爽。长啸倚楼，腾歌浮白，信知变幻不常，阴晴难料，世态春雨哉？翻覆人哉？过眼尽是镜华，当著天眼看破。

夏时幽赏

苏堤看新绿

三月中旬，堤上桃柳新叶，黯黯成阴。浅翠娇青，笼烟惹湿，一望上下，碧云蔽空。寂寂撩人，绿侵衣袂。落花在地，步蹀残红。恍入香霞堆里，不知身外更有人世。知己清欢，持觞觅句，逢桥席赏，移时而前，如诗不成，罚以金谷酒数。

东郊玩蚕山

初成蚕箔，白茧团团。玉砌银铺，高下丛簇。丝联蓓蕾，俨对雪峤。生寒冰山，耀日时见。田翁称庆，邻妇相邀。村村挝鼓赛神，缫车煮茧。仓庚促织，柳外鸣梭；布谷催耕，桑间唤雨。清和风日，春服初成，歌咏郊游，一饱菜羹麦饭，因思王建诗云“已闻邻里催织作，去与谁人身上著”之句，罗绮遍身，可不念此辛苦？

三生石谈月

中竺后山，鼎分三石，居然可坐。传为泽公三生遗迹。山僻景幽，云深境寂，松阴树色，蔽日张空，人罕游赏。炎天月夜，煮茗烹泉，与禅僧诗友分席相对，觅句赓歌，谈禅说偈。满空孤月，露浥清辉；四野轻风，树分凉影。岂俨人在冰壶，直欲谭空玉宇，寥寥岩壑，境是仙都最胜处矣！忽听山头鹤唳，溪上云生，便欲驾我仙去。俗抱尘心，萧然冰释，恐朝来去此，是即再生五浊欲界。

飞来洞避暑

灵鹫山下，岩洞玲珑，周回虚敞，指为西域飞来一小岩也。气凉石冷，入径凛然。洞中陡处，高空若堂，窄处方斗若室，俱可人行无碍。顶处三伏熏人，燎肌燔骨，坐此披襟散发，把酒放歌，俾川鸣谷应，清冷洒然，不知人世今为何月。顾我绨绤，不胜秋尽矣。初入体凉，再入心凉，深入毛骨俱凉哉！人间抱暑焦烁，虽啖冰雪不解，而严冬犹然者，勿令知此清凉乐国。

压堤桥夜宿

桥据湖中，下种红白莲花，方广数亩，夏日清芬隐隐袭人。霞标云彩，弄雨欹风，芳华与四围山色交映。携舟卷席，相与枕藉乎舟中。月香度酒，露影湿衣，欢对忘言，俨共净友抵足。中宵清梦，身入匡庐莲社中矣。较与红翠相偎，衾枕相狎者何如哉？更愿后期，与君常住净土。

湖心亭采莼

旧闻莼生越之湘湖，初夏思莼，每每往彼采食。今西湖三塔基傍，莼生既多且美。菱之小者，俗谓野菱，亦生基畔，夏日剖食，鲜甘异常，人少知其味者。余每采莼剥菱，作野人芹荐，此诚金波玉液、青精碧荻之味，岂与世之羔烹兔炙较椒馨哉！供以水蔌，啜以松醪，咏思莼之诗，歌采菱之曲，更得呜呜牧笛数声，渔舟欸乃相答，使我狂态陡作，两腋风生。若彼饱膏腴者，应笑我辈寒淡。

湖晴观水面流虹

湖山过雨，残日烘云，峦霭浮浮，林铺翠湿。浴晴鸥鹭，争飞拂袂，荷风荐爽。忽焉长虹亘天，五色炽焰，影落湖波，光彩浮濯。乍骇蛟腾在渊，滉荡上下，水天交映，烁电绝流，射日蒸霞，似夺颓丸。晚色睥睨，静观景趣高远，不觉胸中习气，欲共水天吞吐。此岂丰城伏剑，时为幽人一剖璞中蕴色。

山晚听轻雷断雨

山楼一枕晚凉，卧醉初足。倚栏长啸，爽豁吟眸。时听南山之阳，殷雷隐隐。树头屋角，鸠快新晴，唤妇声呼部部矣。云含剩雨，犹着数点飘摇西壁。月痕影落，湖波溶漾。四山静寂，兀坐人闲。忽送晚钟，一清俗耳。渔灯万盏，鳞次北来，更换睫间幽览，使我眼触成迷，意触冥契，顿超色境胜地。

乘露剖莲雪藕

莲实之味，美在清晨，水气夜浮，斯时正足，若日出露晞，鲜美已去过半。当夜宿岳王祠侧，湖莲最多。晓剖百房，饱啖足味。藕以出水为佳，色绿为美。旋抱西子一弯，起我中山久渴，快赏旨哉，口之于味何甘哉？况莲德中通外直，藕洁秽不可污，此正幽人素心，能不日茹佳味？

空亭坐月鸣琴

夏日山亭对月，暑气西沉，南薰习习生凉。极目遥山，盘郁冰镜。两湖隐约，何来钟磬？抱琴弹月，响遏流云。高旷抚秋鸿出塞，清幽鼓石上流泉。风雷引，可避炎蒸；广寒游，偏宜清冷。乐矣山居之吟，悲哉楚些之曲。泠然指上梅花，寒彻人间烦愦矣。噫！何能即元亮无弦之声，得尘世钟期之听哉！宜正音为之绝响。

观湖上风雨欲来

山阁五六月间，风过生寒，溪云欲起，山色忽阴忽晴，湖光乍开乍合。浓云影日，自过处段段生阴，云走若飞，故开合甚疾。此景静玩可以忘饥。顷焉风号万壑，雨横两间，骇水腾波，湖烟泼墨，观处心飞神动，诚一异观哉！有时龙见，余曾目睹：龙体仅露数尺，背抹螺青，腹闪珠白，矫矫盘盘，滃云卷雨，湖水奔跳，奋若人立。浪花喷瀑，自下而升，望惊汩急漂疾，滂湃汹涌，移时乃平。对此水天浑合，恍坐洪濛空中，楼阁飞动，不知身在何所。因思上古太素，简朴无华，即是雨中世界。要知一切生灭本空，何尔执持念根，不向无所有中解脱？

步山径野花幽鸟

山深幽境，真趣颇多。当残春初夏之时，步入林峦，松竹交映，遐观远眺，曲径通幽。野花隐隐生香，而嗅味恬淡，非檀麝之香浓；山禽关关弄舌，而清韵闲雅，非笙簧之声巧。此皆造化机局，娱目悦心，静赏无厌。时抱焦桐，向松阴石上，抚一二雅调，萧然景会，幻身是即画中人物。远听山村茅屋，傍午鸣鸡，伐木丁丁，樵歌相答。经丘寻壑，更出世外几层？此景无竞无争，足力所到，何地非我传舍？又何必与尘俗恶界，区区较尺寸哉？

秋时幽赏

西泠桥畔醉红树

西泠在湖之西，桥侧为唐一庵公墓。中有枫桕数株，秋来霜红雾紫，点缀成林，影醉夕阳，鲜艳夺目。时携小艇扶尊，登桥吟赏，或得一二新句，出携囊红叶笺书之，临风掷水，泛泛随流，不知飘泊何所，幽情耿耿撩人。更于月夜相对，露湿红新，朝烟凝望，明霞艳日，岂直胜于二月花也！西风起处，一叶飞向尊前，意似秋色怜人，令我腾欢豪举，兴薄云霄，翩翩然神爽哉！何红叶之得我耶！所患一朝枯朽，摧为爨桐，使西泠秋色，色即是空，重惜不住，色相终为毕竟空也，谁能为彼破却生死大劫哉？他日因果，我当作伤时命以吊。

宝石山下看塔灯

保叔为省中最高塔，七级燃灯，周遭百盏，星丸错落，辉煌烛天。极目高空，恍自九霄。中下灯影，澄湖水面，又作一种色相。霞须滉荡，摇曳长虹，夜静水寒，焰射蛟窟。更喜风清湖白，光彩俨驾鹊桥，得生羽翰，便想飞步绳河彼岸。忽闻钟磬半空，梵音声出天上，使我欲念色尘一时幻破，清净无碍。

满家弄赏桂花

桂花最盛处，惟南山龙井为多。而地名满家弄者，其林若墉若栉，一村以市花为业，各省取给于此。秋时策蹇入山看花，从数里外便触清馥。入径，珠英琼树，香满空山，快赏幽深，恍入灵鹫金粟世界。就龙井汲水煮茶，更得僧厨山蔬野蔌作供，对仙友大嚼，令人五内芬馥。归携数枝作斋头伴寝，心清神逸，虽梦中之我，尚在花境。旧闻仙桂生自月中，果否？若向托根广寒，必凭云梯天路可折，何为常被平地窃去？疑哉！

三塔基听落雁

秋风雁来，惟水草空阔处择为栖止。湖上三塔基址，草丰沙阔，雁多群呼下集，作解阵息所。携舟夜坐，时听争栖竞啄，影乱湖烟。宿水眠云，声凄花日，基畔呖呖嘹嘹，秋声满耳，听之黯然。不觉一夜西风，使山头树冷浮红，湖岸露寒生白矣。此听不悦人耳，惟幽赏者能共之。若彼听鸡声而起舞，听鹃声而感变者，是皆世上有心人也。我则无心。

胜果寺月岩望月

胜果寺左，山有石壁削立，中穿一窦，圆若镜然。中秋月满，与隙相射，自窦中望之，光如合璧。秋时当与诗朋酒友，赓和清赏，更听万壑江声，满空海色，自得一种世外玩月意味。左为故宋御教场亲军护卫之所，大内要地，今作荒凉僻境矣。何如镜隙，阴晴常满，万古不亏？区区兴废，尽入此石目中，人世搬弄，窃为冷眼偷笑。

水乐洞雨后听泉

洞在烟霞岭下。岩石虚豁，谽谺邃窈，山泉别流，从洞隙滴滴，声韵金石；且泉味清甘，更得雨后泉多，音之清泠，真胜乐奏矣。每到以泉沁吾脾，石嗽吾齿，因思苏长公云：“但向空山石壁下，受此有声无用之清流。”又云：“不须写入薰风弦，纵有此声无此耳。”我辈岂无耳哉！更当不以耳听，以心听。

资严山下看石笋

资严在灵隐西壁。山下有石，状若笋形，圆削卓立，高可百尺。巑岏秀润，凌空插云。更喜四顾山峦若层花吐萼，皱縠叠波，巍峨曲折，穿幽透深。林木合抱，皆自岩窦拔起，不土而生。旧传此山韫玉，故腴润若此。但山石间水迹波纹，不知何为有之，亦不知有自何时，岂沧海桑田说也？更爱前后石壁，唐宋游人题名甚多。进此有枫林坞，秋色变幻，种种奇观，窈窕崎岖，不胜腾涉矣。时当把酒鲸吞，倚云长啸，使山谷骇应，增我济胜之力数倍。

北高峰顶观海云

北高峰为湖山第一高处。绝顶环眺，目及数里。左顾澄湖，匣开妆镜，金饼晶荧；右俯江波，绳引银河，玉虬屈曲。前后城郭室庐，郊原村落，眇若片纸画图，鳞次黑白点点耳，雄哉，目中之观哉！时间日暮将西，海云东起，恍见霄雾溟蒙，朝烟霏拂，泄泄萦纡，英英层叠，横截半空，溷合无际，四野晚山，浮浮冥漠矣。即此去地千尺，离俗数里，便觉足蹑天风，著眼处，不知家隔何地。矧吾生过客，原无窒碍，何为受彼世缘束缚，不作尘外遐想。

策杖林园访鞠

鞠为花之隐者，惟隐君子山人家能艺之，故不多见，见亦难于丰美。秋来扶杖，遍访城市林园，山村篱落，更挚茗奴从事，投谒花主，相与对花谈胜。或评花品，或较栽培，或赋诗相酬，介酒相劝，擎杯坐月，烧灯醉花，宾主称欢，不忍遽别花去，朝来不厌频过。此兴何乐？时乎东篱之下，鞠可采也。千古南山，悠然见之，何高风隐德，举世不见元亮？

乘舟风雨听芦

秋来风雨怜人，独芦中声最凄黯。余自河桥望芦，过处一碧无际。归枕故丘，每怀拍拍。武林惟独山王江泾百脚村多芦，时乎风雨连朝，能独乘舟卧听秋声，远近瑟瑟离离，芦苇萧森，苍苍蔌蔌，或雁落哑哑，或鹭飞濯濯。风逢逢而雨沥沥，耳洒洒而心于于。寄兴幽深，放怀闲逸。舟中之人谓非第一出尘阿罗汉耶？避嚣炎而甘寥寂者，当如是降伏其心。

保俶塔顶观海日

保俶塔，游人罕登其巅。能穷七级，四望神爽。初秋时，夜宿僧房，至五鼓起，登绝顶东望，海日将起，紫雾氤氲，金霞漂荡，亘天光彩，状若长横匹练，圆走车轮。或肖虎豹超骧，鸾鹤飞舞，五色鲜艳，过目改观，瞬息幻化，变迁万状。顷焉阳谷吐炎，千山影赤，金轮浴海，闪烁荧煌，火镜浮空，曈昽辉映，丹焰炯炯，弥天流光，赫赫动地。斯时惟启明在东，晶丸粲烂，众星隐隐，不敢为颜矣。长望移时，令我目乱神骇。陡然狂呼，声振天表，忽听筹报鸣鸡，树喧宿鸟，大地云开，露华影白。回顾城市，嚣尘万籁，滚滚生动。空中新凉逼人，凛乎不可留也。下塔闭息敛神，迷目尚为云霞眩彩。

六和塔夜玩风潮

浙江潮汛，人多从八月昼观，鲜有知夜观者。余昔焚修寺中，燃点塔灯，夜午月色横空，江波静寂，悠悠逝水，吞吐蟾光，自是一段奇景。顷焉风色陡寒，海门潮起，月影银涛，光摇喷雪。云移玉岸，浪卷轰雷，白练风扬，奔飞曲折，势若山岳声腾，使人毛骨欲竖。古云“十万军声半夜潮”，信哉！过眼惊心，因忆当年浪游，身共水天飘泊，随潮逐浪，不知几作泛泛中人。此际沉吟，始觉利名误我不浅。遥见浪中数点浮沤，是皆南北去来舟楫。悲夫！二字搬弄人间千古，曾无英雄打破，尽为名利之梦，沉酣风波，自不容人唤醒。

冬时幽赏

湖冻初晴远泛

西湖之水，非严寒不冰，冰亦不坚。冰合初晴，朝阳闪烁，湖面冰澌，琼珠点点浮泛。时操小舟，敲冰浪游，观冰开水路，俨若舟引长蛇，晶荧片片堆叠。家僮善击冰爿，举手铿然，声溜百步，恍若星流。或冲激破碎，状飞玉屑，大快寒眼。幽然此兴，恐人所未同。扣舷长歌，把酒豪举，觉我《阳春》满抱，《白雪》知音，忘却冰湖雪岸之为寒也。旧闻戒涉春冰，胸中不抱惧心，又何必以涉冰为戒?

雪霁策蹇寻梅

画中春郊走马，秋溪把钓，策蹇寻梅，莫不以朱为衣色，岂果无为哉？似欲妆点景象，与时相宜，有超然出俗之趣。且衣朱而游者，亦非常客。故三冬披红毡衫，裹以毡笠，跨一黑驴，秃发童子挈尊相随，踏雪溪山，寻梅林壑，忽得梅花数株，便欲傍梅席地，浮觞剧饮。沉醉酣然，梅香扑袂，不知身为花中之我，亦忘花为目中景也。然寻梅之蹇，扣角之犊，去长安车马，何凉凉卑哉！且为众嗤，究竟幸免覆辙。

三茅山顶望江天雪霁

三茅乃郡城内山高处，襟带江湖，为胜览最欢喜地。时乎积雪初晴，疏林开爽，江空漠漠寒烟，山迴重重雪色。江帆片片，风度银梭。村树几家，影寒玉瓦。山径人迹，板桥客路。车翻缟带，樵歌冻壑。渔钓冰蓑，目极去鸟。归云感我，远怀无际。时得僧茶烹雪，村酒浮香，坐傍几树梅花，助人清赏更剧。

西溪道中玩雪

往年因雪霁偶入西溪，何意得见世外佳景。日虽露影，雪积未疏，竹眠低地，山白排云。风回雪舞，扑马嘶寒。玉堕冰柯，沾衣生湿。遥想梅开万树，目乱飞花，自我人迹远来，踏破瑶街十里，生平快赏，此景无多。因念雪山苦行，妙果以忍得成，吾人片刻冲风，便想拥炉醉酒，噫！恣欲甚矣。虽未能以幽冷摄心，亦当以清寒炼骨。

山头玩赏茗花

两山种茶颇蕃，仲冬花发，若月笼万树。每每入山寻茶，胜处对花，默共色笑，忽生一种幽香，深可人意。且花白若蘙云绡，心黄俨抱檀屑。归折数枝，插觚为供，枝梢苞萼，颗颗俱开，足可一月清玩。更喜香沁枯肠，色怜青眼，素艳寒芳，自与春风态态迥隔。幽闲佳客，孰过于君？

登眺天目绝顶

武林万山，皆自天目分发，故《地钤》有“天目生来两乳长”偈。冬日木落，作天目看山之游，时得天气清朗，烟云净尽，扶策蹑巅，四望无际。两山东引，高下起伏，屈曲奔腾，隐隐到江始尽，真若龙翔凤舞，目极匹练横隔，知为钱塘江也。外此茫茫，是为东海。几簇松筠，山僧指云：“往宋王侯废冢。”噫！山川形胜，千古一日，曾无改移，奈何故宫黍离，陵墓丘壑，今几变迁哉！重可慨也。

山居听人说书

老人畏寒，不涉世故，时向山居，曝背茅檐，看梅初放。邻友善谈，炙糍共食，令说宋江最妙回数，欢然抚掌，不觉日暮。吾观道左丰碑，人间铭颂，是亦《水浒传》耳，岂果真实不虚故说？更惜未必得同此传世传人口。

扫雪烹茶玩画

茶以雪烹，味更清洌，所为半天河水是也。不受尘垢，幽人啜此，足以破寒。时乎南窗日暖，喜无翳发恼人，静展古人画轴，如风雪归人、江天雪棹、溪山雪竹、关山雪运等图，即假对真，以观古人模拟笔趣。要知实景画图，俱属造化机局。即我把图，是人玩景，对景观我，谓非我在景中？千古尘缘，孰为真假，当就图画中了悟。

雪夜煨芋谈禅

雪夜偶宿禅林，从僧拥炉旋摘山芋，煨剥入口，味较市中美甚，欣然一饱。因问僧曰：“有为是禅，无为是禅，有非所有，无非所无，是禅乎？”僧曰：“子手执芋是禅，更从何问？”余曰：“何芋是禅？”僧曰：“芋在子手，有耶无耶？谓有何有，谓无何无，有无相灭，是为真空。非空非非空，空无所空。是名曰禅。执空认禅，又著实相，终不悟禅。此非精进力到得慧根，缘未能顿觉。子曷观芋乎？芋不得火，口不可食。火功不到，此芋犹生。须火到芋熟，方可就齿舌消灭，是从有处归无。芋非火熟，子能生嚼芋乎？芋相终在不灭。手芋嚼尽，谓无非无，无从有来。谓有非有，有从无灭。子手执芋，今着何处？”余时稽首慈尊，禅从言下唤醒。

山窗听雪敲竹

飞雪有声，惟在竹间最雅。山窗寒夜，时听雪洒竹林，淅沥萧萧，连翩瑟瑟，声韵悠然，逸我清听。忽尔回风交急，折竹一声，使我寒毡增冷。暗想金屋人欢，玉笙声醉，恐此非尔所欢。

除夕登吴山看松盆

除夕惟杭城居民家户架柴燔燎，火光烛天。挝鼓鸣金，放炮起火，谓之松盆。无论他处无之，即杭之乡村，亦无此举。斯时抱幽趣者，登吴山高旷，就南北望之，红光万道，炎焰火云，街巷分歧，光为界隔。聒耳声喧，震腾远近。触目星丸，错落上下。此景是大奇观。幽立高空，俯眺嚣杂，觉我身在上界。

雪后镇海楼观晚炊

满城雪积，万瓦铺银，鳞次高低，尽若堆玉。时登高楼凝望，目际无垠，大地为之片白。日暮晚炊，千门青烟四起，缕缕若从玉版纸中，界以乌丝阑画，幽胜，妙观快我冷眼。恐此景亦未有人知得。

丁丙跋

右《四时幽赏》四十八事，散见于《遵生八笺》。竹舟先兄得单行刻本核之，遵生自序微有不同，拟汇入《武林丛编》，以配陈仁锡《西湖月观》、李流芳《卧游图跋》，忽忽归道山矣。今检故册，按高先生一号瑞南道人，《八笺》之外更著《雅尚斋诗草》，四库存目称其诗主于得乎自然，以悦性情，无复锻炼之功。与此随时即景，适性怡情，实一色笔墨。跨虹桥东山满楼，邈焉无迹，即录中景物，三百年来，半非旧观。而风月常新，山水犹昔，诚游观者所宜奉为科律也。缘授梓人，以竟先兄之遗尚。光绪癸巳冬至节，丁家山民松生丙识。

游说

高子曰：时值春阳，柔风和景，芳树鸣禽。邀朋郊外踏青，载酒湖头泛棹。问柳寻花，听鸟鸣于茂林；看山弄水，修禊事于曲水。香堤艳赏，紫陌醉眠。杖钱沽酒，陶然浴沂舞风；裀草坐花，酣矣行歌踏月。喜鸂鶒之睡沙，羡鸥凫之浴浪。夕阳在山，饮兴未足；春风满座，不醉无归。此皆春朝乐事，将谓闲学少年时乎！

夏月则披襟散发，白眼长歌，生快松楸绿阴，舟泛芰荷清馥。宾主两忘，形骸无我。碧筒致爽，雪藕生凉。喧草（草有疑，卑之误欤）避俗，水亭一枕来薰；疏懒宜人，山阁千峰送雨。白眼徜徉，幽欢绝俗，萧骚流畅，此乐何多！

秋则凭高舒啸，临水赋诗。酒泛黄花，馔供紫蟹。停车枫树林中，醉卧白云堆里。登楼咏月，飘然元亮高闲；落帽吟风，不减孟嘉旷达。观涛生渚，兴奔雪浪雪云涛；听雁汀沙，思入芦花夜月。萧骚野趣，爽朗襟期，较之他时，似更闲雅。

冬月则杖藜曝背，观禾刈于东畴；策蹇冲寒，探梅开于南陌。雪则眼惊飞玉，取醉村醪；霁则足蹑层冰，腾吟僧阁。泛舟载月，兴到剡溪；醉榻眠云，梦寒玄圃。何如湖上一蓑，可了人间万事。

四时游冶，一岁韶华。毋令过眼成空，当自偷闲寻乐。已矣乎吾生几何，胡为哉每怀不足。达者悟言，于斯有感。

高子四时幽赏跋

大凡古今间逸士之隐林岳，世不乏人，秉史笔者记懿行，照简册。伊尹之耕有莘，尚父之渔渭滨，至若靖节之高节，和靖之雅操，岂无深意乎？仲尼之称夷齐曰：“不降其志，不辱其身。”鲁连者何人哉？尝隐于海上，曰：“与富贵而诎于人，宁贫贱而轻世肆志。”是鲁连之所以为鲁连耶？百世之下，高深甫氏得其幽而探其微，见其大而忘其小，与烟霞为友，与鱼鸟为伍，所著之《遵生》之可观，笺之中尤可观者，《四时幽赏》是也。顾长康《四时词》，鲙炙人口，游文场者取四序之变迁，以为墨客之口实，春而花，秋而月，云之于夏，雪之于冬，皆无不起风流，岂求他哉！独有深甫氏耳。坐一小堂而对一小册，则花云在前，雪月在后，此身此心如入林泉，似游峰峦，卷舒之间，茫然与世想望，后此编读者以为如何？是为跋。宽永癸未八日五日，胸丘居士埜子苞书于纸窗竹屋下。

四时幽赏图跋

言出而迹不显者，一时之空言也；既言而迹显者，平生之素行也。故曰："言可复也。"复者何？践言也。我昔陪先考时，野子苞来讯，谈及高氏四时幽赏之事，曰欲设色以为席上之玩，先考莞尔颔焉。尔来草木屡易，葛砧相移，顷间子苞被示新图一帖，展视之，则当时良工等竞笔而描四时幽赏也。乃记得当年之言不空而迹显也。匪啻丹青之慰目，而其素志之成，不亦悦乎！尝闻见《辋川图》有愈其病者，则今对此一帖，亦可以脱尘网乎？呜呼！子苞东来武城，则素官路行乎官路；西归北山，则素闲淡行乎闲淡。想彼北山之幽，四时之赏，自在其境。爰开此图，而唤起高氏于异域，醒与高氏同志，睡与高氏同梦，则未知高氏为子苞、子苞为高氏乎！宽文丁未季秋，忍冈林叟。

柳谷野叟平日语于余曰："我生异人，富于云山，幸于泉石。"余常羡之。叟尝见高深甫之《八笺》，而揭其四时幽赏四十八条，嘱画工描之，以为文房之清玩。余见而喜之，就想叟之富于云山、幸于泉石者，果是乎哉？叟退在白云溪，则与云半闲，与山咫尺，濯泉漱石，以寓四时之幽赏也。进在江都，在仕宦之暇，则展斯画帖，而问孤山之梅，望苏堤之绿，啸乎湖之月，眺海楼之雪，亦寓四时之幽赏也。余于是乎知叟之以云山为不贫、以泉石为不不幸焉，遂援笔题其帖后云。菊庐野节。

再书四时幽赏后

余之嗜高氏之四时之幽赏文矣。宽永年中，新使工画之。于是无声诗已成，而谋之林罗浮子，罗浮子喜而颔之。荏苒岁月，欲谋之良工，工宦事无盐，诺而未成。今兹何年？今执事板仓君重矩与余有总角之雅，故眷眷久矣。乃鸠众我使写之，以题于余，工者乃探幽斋守信、牧心斋安信及采女益信、右近常信、右京时信，五子皆通家而世之所之狩野家者是也。守信者工之长也，安信者其叔，而三子皆不愧家风矣。其装潢也者关宿晨府重常成之，其书也者竹洞子狛庸，及余之门人北岛三立题之，林学士作之后叙。书画文笔摹之美共相成，遂至宝之，将传万祀，故余不佞再书于后云。宽文七年至日前日，柳谷散人埜子苞父书诸北山山房。